Cajun's Song

Canción de Cajún

Cajun's Song
Canción de Cajún

by/por
Darlene Toole

Photo by Kathi Lamm
Foto por Kathi Lamm

Butte Publications, Inc.
Hillsboro, Oregon, USA

Cajun's Song
Canción de Cajún

by/por
Darlene Toole

Editor/Editora: Ellen Todras
Designer/Diseñadora: Anita Jones

Cover photo by Kathi Lamm
www.lammphoto.com
Foto de la Cubierta por Kathi Lamm

Butte Publications, Inc.
P. O. Box 1328
Hillsboro, OR 97123-1328
U.S.A.

ISBN 1-884362-67-2

To all the shelter animals waiting for their chance to love
Para todos los refugios de animales que esperan la oportunidad de amar

"Every song is music to the heart."
"Cada canción es música para el corazón."

J. Justice

Thank You!
¡Gracias!

Acknowledgments
Reconocimientos

Darlene thanks:
Janice and Cajun for choosing her to write their
        beautiful story
Matt Brink, Publisher
Ellen Todras, Editor
Anita Jones, Designer
Robin Dickson and Debbie Haro, Dogs for the Deaf
Pat Conover
Elaine Balle and her class at Cedaroak Park School
Students at the Oregon School for the Deaf who
        participated in "Reading Across America"
Leo and Eileen Krusemark, her parents and supporters
Paul, her husband, and Eric, her son, who make her dreams
        come true

Janice thanks:
Julie Lee, DFD Puppy Raiser
Kim Meinhardt, DFD Trainer
Guy Pratt
Good Sam RV Club, Sponsor
Josephine County Animal Shelter, Donor
Kathi Lamm, www.lammphoto.com
Girl Scout Troop 1739
Western States Chiropractic College
David and Jeannette Thorn, her parents and supporters
American Society for Deaf Children
Texas School of the Deaf

Cajun thanks:
His pals Stetson, Boops, Cassie, Max, Cher, and Petie

Note: A percentage of the proceeds from the book will be donated to
Dogs for the Deaf in Central Point, Oregon.

Darlene agradece a:
Janice y Cajún por escogerla para escribir este hermoso cuento
Matt Brink, Publicista
Ellen Todras, Editora
Anita Jones, Diseñadora
Robin Dickson y Debbie Haro, Perros para los Mudos
Pat Conover
Elaine Balle y su clase en la Escuela Cedaroak Park
Estudiantes de la Escuela para Sordos de Oregon que participaron
        en el programa "Lectura en América"
Leo y Eileen Krusemark, sus padres y simpatizantes
Paul, su esposo, y Eric, su hijo, quienes hacen realidad sus sueños

Janice agradece a:
Julie Lee, Criador de Perritos para DFD
Kim Meinhardt, Entrenador de DFD
Guy Pratt
Good Sam RV Club, Patrocinador
Refugio de Animales del Condado Josephine, Donador
Kathi Lamm,
        www.lammphoto.com
Tropa 1739 de Girl Scouts
Colegio Quiropráctico de los Estados del Oeste
David y Jeannette Thorn, sus padres
        y simpatizantes
Sociedad Americana Para Niños Sordos
Escuela de Texas Para Sordos

Cajún agradece a:
Sus compañeros Stetson, Boops, Cassie, Max, Cher, y Petie

Nota: Un porcentaje de las ganancias del libro será donado a Perros
para Sordos en Central Point, Oregon.

Hello!
¡Hola!

Hi, my name is Cajun.
I'm a brown and white speckled dog.
I live with my best friend, Janice.
This is our story about hope and love.

Hola, me llamo Cajún.
Soy un perro color café con manchas blancas.
Vivo con mi mejor amiga, Janice.
Esta es nuestra narración de amor y esperanza.

Puppy Cajun
Perrito Cajún

People tell me that I am cuddly and cute,
But when I was a little puppy, no one wanted me.
I had no one to love me.
I had no place to call home.
I was placed in an animal shelter for lost dogs.
They cared for me until someone could adopt me.

La gente me dice que soy cariñoso y bonito,
Pero cuando era chiquito, nadie me quería.
No tenía a nadie que me amara.
No tenía un lugar que fuera mi casa.
Me pusieron en un refugio de animales para perros extraviados.
Ahí me cuidaron hasta que alguien me pudo adoptar.

At the animal shelter
En el refugio de animales

One day, a lady came to visit the shelter.
She was searching for friendly and energetic dogs for a special dog school.
She was a dog trainer for Dogs for the Deaf.
She saw me standing alone in my dog pen looking sad and lonely.
It turned out to be my lucky day because she chose me for the program and rescued me from the shelter.
I had many questions.
Where was I going?
What was I going to do?

Un día, una señora vino a visitar el refugio.
Andaba buscando perros amistosos y llenos de energía para una escuela especial de perros.
Ella entrenaba perros para la agencia Perros para Sordos.
Ella me vio solo en mi separo con cara triste y solitaria.
Resultó ser mi día de suerte porque ella me escogió para el programa y me rescató del refugio.
Yo tenía muchas preguntas.
¿A dónde iba?
¿Qué iba a hacer?

Julie Lee, Puppy Raiser
Julie Lee, Criadora de Perritos

My first new friend was Julie, but I just called her "Mom."
She was a "puppy raiser." I lived with her.
She taught me good manners to get me ready to go to school.
For the first time in my young life, I felt happy and secure.

Mi primera amiga nueva fue Julie, pero yo la llamaba "Mami".
Ella era "criadora de perritos". Yo vivía con ella.
Ella me enseñó las buenas maneras y así alistarme para ir a la escuela.
Por primera vez en mi joven vida, me sentí feliz y seguro.

When I was one and a half years old,
Julie enrolled me in school at Dogs for the Deaf.
It was a school that taught me
how to help people who cannot hear.
I met a nice man named Kim.
He became my beloved trainer.

Cuando tenía un año y medio de edad,
Julie me registró en la escuela de Perros para Sordos.
Fue una escuela donde aprendí
la forma de ayudar a la gente que no puede oír.
Me encontré con un buen hombre llamado Kim.
El fue mi adorable entrenador.

Training with Kim
Entrenando con Kim

Kim and I spent a lot of time together.
He taught me obedience and many commands.
I learned to "sit," "stay," and "come."
We went to fun places together.
We went to libraries, stores, and restaurants.
I tried to be polite wherever I went.

Kim y yo pasamos mucho tiempo juntos.
El me enseñó a obedecer además de muchas otras órdenes.
Yo aprendí a "sentarme", "ponerme de pie", y "venir".
Juntos fuimos a lugares muy divertidos.
Fuimos a bibliotecas, tiendas, y restaurantes.
Siempre traté de ser amable donde quiera que iba.

"I Love You."
"Te Amo."

At school, I learned sign language for all the commands
because one day I would help a deaf person who could not hear.
Many deaf people use their hands to talk.
I needed to learn how to tell them what I was hearing.
Kim also showed me how to respond to different sounds.

En la escuela aprendí el lenguaje de los sordos
y a obedecer todas las órdenes porque algún día ayudaría
a alguna persona sorda que no pudiera oír.
Mucha gente sorda usa sus manos para hablar.
Yo tuve que aprender la forma de decirles lo que yo oía.
Kim me enseñó la forma de responder a diferentes sonidos.

Sound Training
Entrenamiento de Sonidos

14

I was trained to paw Kim on his leg when I heard a doorbell,
door knock, smoke alarm, telephone ring, and alarm clock buzz.

A prendí a tocarle el pie a Kim cuando yo escuchaba el timbre,
el toque de la puerta, la alarma del humo, el sonido del teléfono, y el ruido
del despertador.

Playing with Kim
Jugando con Kim

*I*t was very hard work.

We practiced every day for hours.

When I did a good job, Kim would give me a treat.

Sometimes we would play tug-o-war.

*F*ue un trabajo duro.

Practicábamos todos los días durante horas.

Cuando hacía un buen trabajo, Kim me daba un regalito.

Algunas veces jugábamos al juego de la reata.

*M*y favorite toy was "Fluffy."

Kim taught me that work can be fun.

*M*i juguete favorito era "Fluffy".

Kim me enseñó que el trabajo puede ser divertido.

CERTIFIED HEARING DOG
I AM LEGALLY ALLOWED ACCESS TO ALL PUBLIC AREAS

CAJUN
NAME

POINTER X
DESCRIPTION

NDR D37
CERTIFICATION NUMBER

6/27/96
DATE OF CERTIFICATION

This card is evidence of Certification by Dogs for the Deaf, Inc. that this dog is a Hearing Dog professionally trained in auditory awareness and recognized by state law as having been duly trained for the purpose of aiding a hearing impaired person.

DOGS FOR THE DEAF
CENTRAL POINT, OR
HEARING DOG

Cajun, Certified Hearing Dog
Cajún, Perro Escucha Certificado

18

When I graduated from school,
I earned a bright orange collar, leash, and vest.
The vest had the words "HEARING DOG" printed on it.
I also received a license to show that I have special training.
Julie and Kim were very proud of me.

Cuando me gradué de la escuela,
me gané un collar naranja brillante, una correa, y un chaleco.
El chaleco tuvo impresas las palabras "PERRO PARA SORDO".
Y recibí la licencia que muestra mi entrenamiento especial.
Julie y Kim se sentían muy orgullosos de mí.

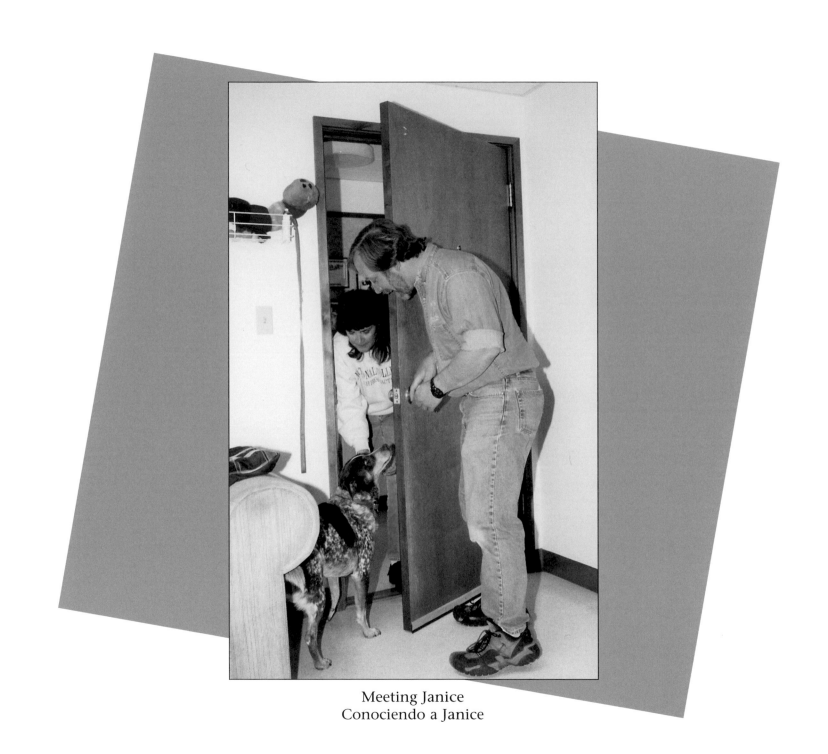

Meeting Janice
Conociendo a Janice

Now it was time to meet my life partner.
A special lady was waiting for me.
Her name was Janice.
Kim thought that we would make a good team.
He was right!
I liked her the moment we met
and I hoped that she liked me too.

Ahora era la oportunidad de conocer a mi compañera de vida.
Una señora especial me estaba esperando.
Se llamaba Janice.
Kim pensó que íbamos a formar un buen equipo.
¡El tenia razón!
Me encantó desde el momento que la conocí
y esperaba que ella también me quisiera.

Sharing our stories
Compartiendo nuestras historias

Photo by Kathi Lamm
Foto por Kathi Lamm

I learned that Janice was a chiropractor and teacher.
I found out that a few years ago she was very sick
and lost her ability to hear.
Being deaf made her feel frightened, frustrated, and lonely.

*S*upe que Janice era quiropráctica y maestra.
Supe que hace algunos años ella estuvo muy enferma
y que perdió su capacidad de oír.
Ella tenía miedo de estar sorda, se sentía frustrada y solitaria.

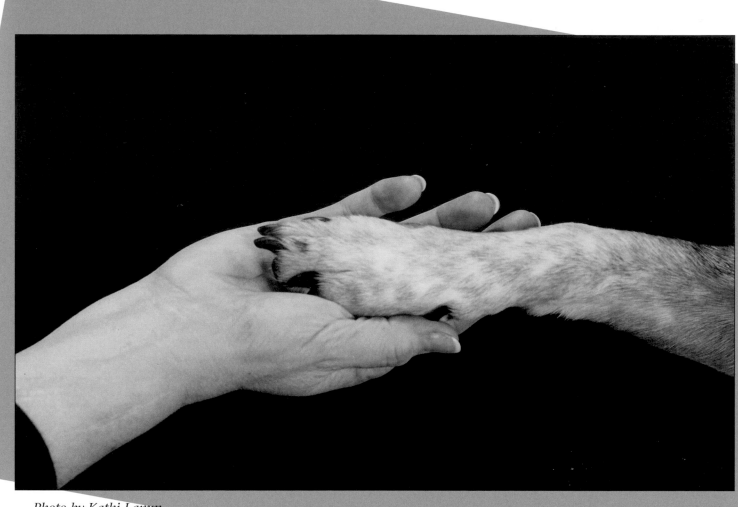

Photo by Kathi Lamm
Foto por Kathi Lamm

Learning to trust
Aprendiendo a Tener Confianza

She couldn't hear any sounds.
She had to leave her job and live away from her home.
It was a very difficult time in her life.
I understood how she felt because when I was a puppy,
I felt lost and alone.
Now she felt lost and alone from her deafness.

Ella no podía escuchar los sonidos.
Ella tenía que dejar su trabajo y vivir lejos de su casa.
Fue un tiempo muy difícil en su vida.
Yo entendí sus sentimientos porque cuando yo era chiquito,
también me sentí perdido y solo.
Ahora ella se sentía perdida y sola por su sordera.

Photo by Kathi Lamm
Foto por Kathi Lamm

Best friends!
¡Los Mejores Amigos!

26

Kim told me that I would become Janice's Hearing Dog.
My job would be to alert her to all the sounds
in her home and at work.
I would be her loving companion.
We would work together so that Janice would feel safe
in her home and become more independent.

Kim me dijo que yo iba a ser el Perro Escucha de Janice.
Mi trabajo consistiría en ponerla alerta de todos los sonidos
en su casa y en su trabajo.
Yo sería su amante compañero.
Trabajaríamos juntos para que Janice se sintiera segura
en su casa y se volviera más independiente.

At the clinic
En la clínica

Life changed for the better for us.
We moved back into Janice's home
and Janice moved on with her life.
She told me I made her feel happy and confident.
She went back to teaching
and opened her own chiropractic clinic.
I had done such a good job with helping Janice get back into life
that I was inducted into the Oregon Veterinary Hall of Fame!

La vida cambió para bien de los dos.
Nos fuimos a vivir a la casa de Janice
y Janice pudo continuar con su vida.
Ella me dijo que yo la hacía sentir feliz y confiada.
Ella volvió a dar clases
y comenzó su clínica quiropráctica privada.
Había hecho tan buen trabajo en ayudar a Janice a volver a su vida
que me indujeron al Salón de la Fama Veterinaria de Oregon.

Photo by Kathi Lamm
Foto por Kathi Lamm

In the office
En la oficina

30

With my help, she was able to respond
to all the sounds at work and home.
If someone rang her doorbell, I would run and get her
and lead her to the door.
When her alarm clock rang,
I would gently wake her up from sleep.
I would even let her know if a pesky cat was in our backyard!
I was a very busy working dog!

Con mi ayuda, ella pudo responder
a todos los sonidos en casa y en el trabajo.
Si alguien tocaba el timbre de la puerta, yo corría hacia ella
y la guiaba hasta la puerta.
Cuando sonaba la alarma de su reloj,
cariñosamente la despertaba de su sueño.
¡Hasta le hacía saber si algún gato travieso andaba en el jardín!
¡Yo era un perro muy trabajador!

At the market
En el mercado

Janice took good care of me.
She fed me, played with me and took me everywhere with her.
We even traveled on airplanes and got to stay at fancy hotels.
But most of all,
she loved me and gave me a home to call my own.
We became best friends.

Janice me cuidaba muy bien.
Me alimentaba, jugaba conmigo y me llevaba a todas partes.
Viajábamos en avión y nos hospedábamos en hoteles elegantes.
Pero sobre todo, ella me amaba
y me brindaba un hogar que yo podía llamar mi casa.
Nos convertimos en los mejores amigos.

Learning to sing!
¡Aprendiendo a cantar!

I was so happy that one day, I just started to howl.
It made Janice laugh.
She would place her hand on my throat to feel
the vibration when I barked.
She taught me to make many sounds.
I could say the word "Mama," and pretty soon I was singing.

Estaba tan feliz, que un día comencé a aullar.
Esto hizo reír a Janice.
Ella colocaba su mano en mi garganta
para sentir la vibración cuando yo ladraba.
Ella me enseñó a hacer muchos sonidos.
Podía decir la palabra "Mami", y pronto hasta podía cantar.

Janice and Cajun with Diane Sawyer of *Good Morning America*
Janice y Cajún con Diane Sawyer de *Good Morning America*

Janice tells me I am famous.
I won lots of singing contests and a trip to New York City.
My voice became so popular that I sang on radio shows and
even got to sing on the TV show *Good Morning America!*

Janice me dijo que soy famoso.
Gané muchos certámenes de canto y un viaje a Nueva York.
Mi voz era tan popular que cantaba en shows de radio y
hasta llegué a cantar en el show de TV *Good Morning America!*

New friends at Texas School for the Deaf
Nuevos Amigos en la Escuela de Texas Para Mudos

Janice and I travel all over the country
visiting schools and organizations,
telling them of our special life together.
Janice demonstrates how hearing dogs work
and how she overcomes difficulties.

Janice y yo viajamos por todo el país,
visitamos escuelas y organizaciones,
hablando sobre nuestra vida especial viviendo juntos.
Janice demuestra la forma en que trabajan los "perro escucha"
y cómo ella misma vence las dificultades.

Singing about love
Cantando al amor

Photo by Kathi Lamm
Foto por Kathi Lamm

At the end of the talk, I jump up on her lap and sing.
I sing about hope.
   I sing about joy.
      I sing about love that can change
         everyone's life.

That is my story.
Don't you think we make a good team?

Al final de la plática, brinco sobre sus piernas
   y canto.
Canto sobre la esperanza.
   Canto sobre la alegría.
      Canto sobre el amor que puede cambiar
         la vida de todos.

Esta es mi historia.
¿No crees que formamos un buen equipo?

Photo by Kathi Lamm
Foto por Kathi Lamm

Who Am I?

People are always asking:

Am I   PartGermanShortHairPointer?

Am I   HalfRedHeeler?

Am I   MixtureOfDoberman?

I am so confused.

I don't know these words.

So I ask my Kim and Janice. They smile.

That is not important, they say.

You are PartDedication

You are HalfJoy

You are MixtureOfLoveAndSweetness

So that's Who I am!

Love,

Cajun

¿Quién soy yo?

La gente siempre pregunta:

¿Soy parte alemán y parte perro
     cazador?

¿Soy de media pezuña roja?

¿Soy una mezcla de Doberman?

Estoy tan confundido.

Yo no uso esas palabras.

Así que le preguntan a Kim y a Janice.

Ellos sonríen.

Eso no tiene importancia, dicen ellos.

Tú eres parte dedicación

Tú eres parte alegría

Tú eres mezcla de amor y bondad.

¡Así que eso es lo que soy!

Con amor,

Cajún

If you see me in public, remember that I am working!

Si me ves en público, ¡Recuerda que estoy trabajando!

44

WHEN YOU MEET A HEARING DOG

1. DO NOT run up to the dog.

2. DO NOT hug or feed the dog.

3. DO ask if you can pet the dog.

   (DO understand if the owner says "No.")

4. DO watch and be ready to help.

CUANDO TE ENCUENTRES CON UN PERRO ESCUCHA

1. NO corras hacia el perro.

2. NO abraces ni des de comer al perro.

3. PREGUNTA si puedes acariciar al perro.

   (ENTIENDE en caso que el dueño diga que "NO".)

4. VIGILA y prepárate para ayudar.

Glossary

ANIMAL SHELTER: a place where homeless animals live
You can adopt a dog from the animal shelter.

BELOVED: greatly loved
Kim is Cajun's beloved trainer.

CHIROPRACTOR: a doctor who helps fix people's bones, nerves, and muscles for better health
Dr. Justice is a chiropractor and teacher.

COMMAND: an order to do something
The trainer gave the dog the command to "sit."

DEMONSTRATES: shows
Cajun demonstrates how he responds to sounds.

DOG TRAINER: a person who teaches dogs to do tricks and obey commands
Kim works as a dog trainer for Dogs for the Deaf.

Glosario

REFUGIO DE ANIMALES: un lugar donde viven los animales sin hogar
Puede adoptar un perro del refugio de animales

AMADO: muy amado
Kim es el amado entrenador de Cajún.

QUIROPRACTICO: un doctor que alivia los huesos, nervios, y músculos de la gente para tener mejor salud
Dr. Justice es un quiropráctico y maestro.

ORDEN: una orden para hacer algo
El entrenador dio la orden al perro de "sentarse".

DEMUESTRA: muestra
Cajún demuestra la forma en que responde al sonido

ENTRENADOR DE PERRO: persona que enseña a los perros a hacer trucos y a obedecer órdenes
Kim trabaja como entrenador de perros en Perros para Sordos.

ENERGETIC:
full of energy
Trainers look for dogs that are energetic and friendly.

OBEDIENT:
well-behaved
A Hearing Dog must learn to be obedient.

PUBLIC PLACES:
places where there are people
Example: schools, hospitals, airports, libraries, restaurants, offices
Cajun is allowed into public places.

PUPPY RAISER:
a person who takes care of and trains a puppy
Cajun lived with his puppy raiser, Julie, for one year.

RESCUED:
saved
The puppy was rescued from the animal shelter.

SIGN LANGUAGE:
a way of communicating by using gestures and hand movements
Hearing Dogs learn to obey many sign language commands.

TREAT:
a reward for good behavior
Janice gave Cajun a treat after he sang to the children.

ENERGETICO:

lleno de energía

Los entrenadores buscan perros que sean energéticos y amistosos.

OBEDIENTE:

bien comportado

Un Perro Escucha debe aprender a ser obediente.

LUGARES PUBLICOS:

lugares donde hay gente

Ejemplo: escuelas, hospitales, aeropuertos, bibliotecas, restaurantes, oficinas

Cajún puede estar en lugares públicos.

CRIADOR DE PERRITOS:

una persona que cuida y entrena perritos

Cajún vivió con su criadora de perros, Julie, un año.

RESCATADO:

salvado

El perrito fue rescatado del refugio de animales.

LENGUAJE DE SEÑAS:

una forma de comunicarse usando gestos y movimientos de la mano

El Perro Escucha aprende a obedecer muchas órdenes dichas con señas.

REGALO:

un premio por un buen comportamiento

Janice dio a Cajún un premio después de que él le cantó a los niños.

Appendix

Dogs for the Deaf, Inc.

What is Dogs for the Deaf, Inc.?
Dogs for the Deaf is the oldest and largest Hearing Dog training center in the United States. It was founded in 1977.

Where is it located?
Dogs for the Deaf is in Central Point, Oregon.

Dogs for the Deaf, Inc.

What kinds of dogs are trained?
Dogs for the Deaf rescues dogs from animal shelters and trains them to serve as ears for people who are deaf or hard of hearing. Trainers look for dogs that are mixed-breed, small to medium size, and 8-36 months old. The dogs should be friendly, healthy, energetic, and smart.

What are Hearing Dogs trained to do?
Hearing Dogs are trained to alert deaf people to different sounds such as smoke alarms, doorbells/knocks, telephones, oven buzzers, alarm clocks, baby cries, and someone calling the person's name. When the dog hears a sound, it goes to the person, puts a paw on the person's leg or jumps up on the person, and then leads him or her to the sound. Hearing Dogs can help save lives. They also increase self-confidence, independence, and freedom, plus provide love and companionship.

Apéndice

Dogs for the Deaf (Perros para Sordos), Inc.

¿Qué es Dogs for the Deaf, Inc.?
Perros para Sordos es el centro de entrenamiento más viejo y más grande de Perro Escuchas en Estados Unidos. Fue fundado en 1977.

¿Dónde se encuentra?
Perros para Sordos se encuentra en Central Point, Oregon.

¿Qué clase de perros son entrenados?
Perros para Sordos rescata perros de los refugios de animales y los entrena a servir como oídos de las personas que están sordas o que no oyen bien. Los entrenadores buscan perros que sean de raza mezclada, de pequeños a tamaño mediano, y de 8 a 36 meses de edad. Los perros deben ser amistosos, saludables, energéticos, y listos.

¿Los Perro Escuchas son entrenados para hacer qué cosas?
Los Perro Escuchas son entrenados para alertar a la gente sorda en los diferentes sonidos como las alarmas de humo, los timbres y toques de las puertas, teléfonos, chicharras del horno, alarma del despertador, llantos de niños, y alguien que esté llamando el nombre de la persona. Cuando el perro escucha un sonido, pasa a la persona, coloca una pezuña en la pierna de la persona o brinca sobre la persona, y luego la guía hacia el sonido. Los Perro Escuchas pueden ayudar a salvar vidas. También aumentan la confianza de la persona, su independencia, y libertad, además de ofrecer amor y compañía.

What does a Certified Hearing Dog do?

Certified Hearing Dogs are trained to respond to sounds and can enter public places with their teammate or companion. You must be at least 18 years old to receive a CHD.

How long does it take to train a Hearing Dog?

It takes about 4-6 months.

How much money does it cost to train a Hearing Dog?

It costs between $20,000 and $25,000 to train one dog. This covers the cost of rescuing, training, placement, and follow-up care for the life of the team. There is no charge to the person for the dog.

Once trained, the dogs are placed with deaf and hard of hearing people nationwide and in Canada free of charge.

Dogs for the Deaf is a nonprofit organization. It is funded by donations from people, service clubs, and businesses.

How many dogs are trained each year at Dogs for the Deaf?

Dogs for the Deaf trains and places about 40 dogs a year. Any dog that does not become a Hearing Dog is adopted by someone who wants a dog for love and companionship.

Are there other places in the United States that train Hearing Dogs?

Yes, there are many other Hearing Dog training programs in the United States and the world. To find out more about these programs, check out the website for Assistance Dogs International: www.adionline.org

¿Qué hace un Perro Escucha con certificado?

Los Perro Escuchas con certificado son entrenados para responder a los sonidos y pueden entrar a lugares públicos con su compañero de equipo o con la persona que acompaña. Debe uno tener por lo menos 18 años de edad para recibir a un Perro Escucha Certificado.

¿Cuánto tiempo se lleva para entrenar un Perro Escucha?

Se lleva de 4 a 6 meses.

¿Cuánto dinero cuesta entrenar un Perro Escucha?

Cuesta de $20,000 a $25,000 dólares entrenar un perro. Así se cubre el costo de rescatar, entrenar, colocar, y seguir el cuidado durante la vida del equipo. No se le cobra a la persona por el perro.

Una vez entrenados, los perros se colocan con la gente sorda o que tiene dificultades para oír en el país y en Canadá sin costo alguno.

Los Perro para Sordos es una organización no lucrativa. Se mantiene de donativos de la gente, clubes de servicio, y empresas.

¿Cuántos perros se entrenan cada año en Perros para Sordos?

Dogs for the Deaf entrena y coloca unos 40 perros cada año. Cualquier perro que no se convierta en Perro Escucha es adoptado por alguien que quiera un perro como compañía y para amarlo.

¿Hay otros lugares en Estados Unidos que entrenan Perro Escuchas?

Sí, hay otros muchos programas para entrenar Perro Escuchas en Estados Unidos y en el mundo. Para saber más de estos programas, visite por Internet Assistance Dogs International: www.adionline.org

For more information:
Dogs for the Deaf
10175 Wheeler Rd.
Central Point, Oregon 97502
(541) 826-9220 Voice/TTY
website: www.dogsforthedeaf.org

Para más información:
Dogs for the Deaf
10175 Wheeler Rd.
Central Point, Oregon 97502
(541) 826-9220 Voice/TTY
website: www.dogsforthedeaf.org

Faithfully yours, Cajun
Sinceramente suyo, Cajún